Heinrich Detering
Wundertiere

Heinrich Detering

Wundertiere

Gedichte

Wallstein Verlag

Once we saw him sitting late
Behind his attic window by a light
That guttered on his Bible; through that night
He meditated terror

Robert Lowell

I make for myself little poems
delicate like a flock of doves

Richard Aldington

Lamagesang

Ausbruch

etwas geschieht im nächtlichen Vorstadtweg
ein gelbes Ding hat sich auf den Weg gemacht
es schiebt sich stockend auf die stille Straße
   fort aus dem Bau der Recyclingsäcke

wie täppisch stockt und stolpert das gelbe Ding
wie hilflos zappelt in ihm der Wäschbär jetzt
verfangen in den Abfällen der Vorstadt
   deren Bewohner schon alle schlafen

am frühen Morgen liegt auf dem Fahrradweg
ein gelbes Ding das gar nicht dahingehört
vielleicht ist seine Seite aufgerissen
   Plastikmüll flattert in Hauseingänge

Erasmus Darwins Wundertier

Erasmus Darwin erfand eine Sprechmaschine
in Lichfield in einem Sommer voller Schmetterlinge

als er *Die Liebe im Tierreich* erklärte (sein Enkel
nahm den Faden später wieder auf) und
Flugmaschinen konstruierte künstliche Nachtigallen

da erfand Erasmus Darwin seine Sprechmaschine
ein kleines sprachgewandtes Tier

es sollte mit Blasebalg Klappen und Röhren
das Wunder der Sprache nachbauen
es sollte das Wunder des Verstandes feiern

Erasmus Darwin hatte Gedichte geschrieben über
die natürlichen Wunder seines Gartens über Vogelsang
Schmetterlinge
die Landschaft Mittelenglands den menschlichen Körper

kein Wort davon brachte seine Sprechmaschine hervor
nicht einmal wie Doktor Johnson verlangt hatte
das Vaterunser
sie beherrschte nur zwei Silben

Erasmus Darwins Sprechmaschine sagte nur *Mama*
bei jeder Vorführung sie sagte es etwas quäkend
als flehe sie um Hilfe Doktor Johnson lachte
jedesmal bis ihm die Tränen kamen

aber es war doch ein Wunder
ein kleines sprachgewandtes Tier

Grottenolme

es ist doch eine Art Leben das sie führen
die farblosen Körper bei acht Grad konstant im
leicht mineralischen Wasser unter dem Berg

ohne Tag ohne Nacht ohne Wind ohne Licht
ohne Jahr ohne Zeiten ohne jede Zeit
es muss eine Art Leben sein das sie führen

keine Augen kein Gehör keine Empfindung
nur manchmal das Gefühl dieses konstant acht Grad
warmen leicht mineralischen Wassers im Schlund

es muss eine Art Leben sein das sie führen
vielleicht die Hölle bei konstant acht Grad oder
eine Art Nirwana oder etwas das wir

nicht verstehen wenn wir in ihre Art Leben
eintreten aus dem Licht aus den Farben für
zwanzig Minuten am Mittwochvormittag

Seegurke

kann man einsamer sein als die Seegurke

auf dem fahl schlammgrauen Boden der Tiefsee
so bleich im Licht der Roboterkamera

in dieser Kälte der Todesstille in
Finsternis von Ewigkeit zu Ewigkeit

und dann für zwanzig Sekunden nackt und bloß
unsern nichtsahnenden Augen ausgesetzt

darauf warten sie

du darfst nicht stehenbleiben darauf warten sie nur
bleibst du in Bewegung lassen sie dich in Frieden

du musst einfach immer weitergehen dann kannst du
die Wärme spüren den Südwind das Licht auf der Haut

wenn du verharrst wenn du zögerst fallen sie dich an
wenn du stehenbleibst musst du sie sofort erschlagen

wenn du stehenbleibst musst du sie erschlagen und das
will doch keiner

Tanzbär

»Du bekommen viel Lachen!«
Freitag zu Robinson

der Insel den Wellen den hungrigen Tieren
entkommen stillt er jetzt endlich seinen Hunger
und macht wie es die Menschen tun das Tier zum Tier

ah wie er es ihnen zeigen wird wie er sich
ihnen zeigen wird wie er jetzt gehorchen kann
wenn er mit dem Schuss ins Gehör sich selbst abschießt

die andern umstehen das Schauspiel die Meute
ohne Hunger ohne Kälte nur begierig
auf diesen Tanz auf das Schauspiel auf die Schlachtung

er aber wird nun zeigen was er gelernt hat
verschwunden die äffische Vorzeit er ist der
erste der neue Mensch so sieht ihn die Meute

entkommen den Wellen der Wildnis den Wilden
sagt er jetzt hallo! sein erstes menschliches Wort

dann schießt er dem Bären seine Salve ins Ohr

Trier, Ostern 1041

nein nicht zur Prozession sind sie gekommen
nicht zur Verehrung des heiligen Mannes
sie sind gar nicht gekommen sie liegen
  hier immer

den Segen wollen sie nicht auch nicht seine
Kleider die Decken den Schmuck sie scheißen auf
das Geld das er ihnen entgegenhält als
  sie aufstehn

als sie Bischof und Knechte aus den Sätteln
stoßen die Münzen wegwerfen die Pferde
anfallen in groben Sprüngen mit Fäusten
  die Pferde

erwürgen zerreißen ihr Fleisch kauen ihr
Blut trinken rohes Sakrament der Tiere
der einzigen die noch immer nicht verstehn
  verblutend

an der Trave

mühsam folge ich
im Schnee der Hasenfährte
auch ein Gejagter

am schwarzen Wasser
schneeweiß der Reiher im Schnee
steht ganz still wie ich

oben und unten
warten die Mondsicheln auf
Reiher Hase mich

Viscacha in der Wüste

der Sprung ginge genau in unsre Arme
so kann es nicht mehr vor und nicht zurück
so kauert es auf seinem Felsvorsprung

so demütig die fast geschlossnen Augen

ihr seht mich nicht sagt sein gesenkter Blick
als schämte es sich seines Hierseins jetzt
ihr denkt ich sei ein Stein auf diesem Felsen

ich bin nicht hier sagt es ich bin nicht da
ich bin ein Stein der in der Sonne zittert
lasst euch nicht stören sagt es bitte lasst

euch nur nicht stören durch ein Nichts wie mich

Lamagesang

das leise Singen der Lamas
in ihrem Pferch im Lavagestein
als sie uns kommen sahen
im Morgenlicht über das Gras

wie sie dastanden regungslos
und mit Kopfstimmen summten
unaufhörlich ein halblauter Chor

wie schön dieser Augenblick war
wie einverständig sie waren

wie viel Angst sie hatten

Flügel

der eilige Sprung
von dieser Treppenstufe
und dann rasch weiter

der kaum merkliche
Widerstand unter dem Fuß
zartes Zerbrechen

der Sperling der die
Flügel langsam ausbreitet
wie in Zeitlupe

Golgatha, kleine Vögel

aus Staub und Schlamm hat er kleine Vögel gemacht
die auf sein Wort über die Straße fort flogen
alle sahen es (vor einem Menschenalter)

sein Fußtritt war so leicht dass er vom Seeufer
hinauslief ohne auch nur die kleinste Spur auf
dem Wasser zu hinterlassen jeder sah es

starb ein Freund so rief er ihn aus der Erde her-
vor auf sein Wort kehrte er zurück als zöge
die Schwerkraft ihn aufwärts einige sahen es

wie jetzt alle ihn sehen dort auf der Straße
zusammensackend unter einem Balken der
ihn zu Boden drückt schwitzend und blutend einem

Balken an dem er gleich zu Tode hängen wird
und alle sehen Vögel kommen die Vögel
die hungrigen kleinen Vögel

adamitisch

als Adam allen Tieren Namen gab
beherrschte er die Welt entkam der Angst
und vergaß sein eigenes Sterben

als Adam allen Tieren Namen gab
verstand keines ein Wort ja es sah aus
als hörten sie nicht einmal richtig hin

als Adam allen Tieren Namen gab
verbannte er sich selbst mit jedem Wort
in eine Sprache die sie nichts anging

als Adam allen Tieren Namen gab
krähten bellten zwitscherten sie weiter
und trotteten flogen zogen bloß fort

zu dunklen Wundern und zum
stummen Grund zum
stummen Grund

Neolithikum

die ersten Menschen sahen die Fülle noch
den Sternenhimmel blendend im fremden Glanz
die Wasser wimmelnd Wälder voller Tiere
   Inseln erfüllt von süßen Klängen

der frühe Morgen tönte von Chorgesang
bei Nacht die Wälder hallten vom Käuzchenruf
von Sturz und Schrei vom Rauschen breiter Schwingen
   mittags schwamm Gott in seinen Seen

wie ließ es nach wie bleichte der Himmel aus
wann leerten Wiesen Wasser und Wälder sich
von Schmetterlingen Fischen Vogelrufen
   wer von uns hörte zuerst die Stille

Nilpferde über Donauwörth

die zutraulichen dicken Sommerwolken
schwebende Riesen nah über uns im Blau
Nilpferde dicht über Donauwörth
wie leicht sie getragen sind von der Luft

frei vom Gewicht und versunken in sich selbst
schwimmen sie langsam in dem größeren Strom
an dessen grünem Grund wir krabbeln kriechen
kleine Tiere die hinaufsehn zu den großen

Kuckuck

wir kamen eben ans Seeufer als die
letzten Boote ihre Segel einzogen

der Kuckuck schrie die kleinen Wellen spielten
wir lagen am Seeufer wir zählten nicht

die kleinen Wellen leckten vom Ufer
alles Erinnern dann kam die Nacht

die traurige Königin

geradewegs

die Tauben haben die Krümel vertilgt
die Tauben haben die Krümel vertilgt

jetzt gibt es kein Zurück mehr nur das Haus
aus Lebkuchen und den Knochen im Stall

immer dem Waldvöglein nach dem bestochenen
ich hätte Steinchen nehmen sollen

die traurige Königin

ach die traurige Königin vor dem Bahnhof

an der Hand ihrer Mutter den Schnuller im Mund
die Pappkrone schief doch selbst im Sommerregen

noch strahlend von Gold und Geschmeide

Pechmarie

alles machte die Pechmarie diesmal richtig
schüttelte die Betten auf schüttelte den Baum
zog das Brot aus dem Ofen

dann, mit Pech überschüttet
kehrte sie wieder heim

warum? fragte sie im Tor
weil, gab das Märchen zur Antwort
du die Pechmarie bist

Tomte

mit vier oder fünf hatte er den Zwerg gesehen
in den frühen Morgenstunden vom Etagenbett aus
den Tomte der unser Haus beschützte wie man
aus den alten Geschichten wusste aus dem Bilderbuch

vorbei an der halboffenen Tür des Kinderzimmers
war der Tomte gehuscht durch den Flur er war alt
wie das Haus er trug andere Kleidung als im Bilderbuch
rotes Wams blaue Hose daran sah man gleich

dass er nicht geträumt war sondern ganz wirklich
so ließ er sich vom Kinderbett aus sehen

seitdem traut mein Sohn den Büchern nicht mehr

seitdem fühlt er sich sicher in seinem Haus

Unterholz

die Grenze lief quer durch unsern Wagen
im Wald zwischen Schweden und Norwegen
als wir uns verfahren hatten als wir
am Grenzpfahl im Unterholz anhielten

stürmisch das Gejohle auf der Rückbank
im Wald zwischen Schweden und Norwegen
die Freude dass zwischen uns die Linie

verlief die ganz unsichtbare Linie

Komponist

als ich in die Küche kam verkündete ich
eines Tages würde ich Kommunist werden

ich hatte Willi Forsts Schubertfilm gesehen
im Sonntagnachmittagsprogramm und war ganz weg

(leise flehen meine Lieder, eines Tages)

die Antwort meiner Großeltern verwirrte mich
also auch dies war Politik und verboten

Jäger

wenn sie die Tauben jagen

auf dem Parkplatz dem Schulhof
an der Bushaltestelle

wenn ihr Jauchzen so klingt als
imitierten sie Schüsse

wenn sie stark werden weil die
Tauben vor ihnen fliehen

dann sind sie böse

Birmingham

die Jugend von Birmingham sitzt auf den Gräbern
bleich mit gefärbten Haaren und schwarzen Jacken
am Samstag um fünf raucht ein paar Joints hört Musik

weicher Sandstein die Namen nicht zu entziffern
die Jugend von Birmingham sitzt auf den Gräbern

der obdachlose Mann vor dem Nebeneingang
der Kathedrale zieht die Matratze höher
hustet spuckt aus und sagt für ein Pfund God bless you

wie Ikarus es sah

wollte er sehen oder gesehen werden?
noch sehr weit oben über dem grünen Wasser
befangen in seinem Sturz erst der Hybris dann
dem Schwindel sieht er nichts von der Welt unter ihm

nicht den Pflüger und das Pferd in ihrer Landschaft
nicht das weiße Schiff das in die Zukunft fortzieht
sinnlos mit den weißen Beinen zappelnd in der

Sonne sieht er nichts von der beschäftigten Welt
über die er sich eilig erhoben hat
in die er nun noch eiliger versinkt

dass Breughels Figuren ihn nur wahrnehmen als
splash am Bildrand die Segler der Pflüger das Pferd
zeigt wie viel sie vom Leiden verstanden vom Stolz
und vom Gesehenwerden die Alten Meister

Schulchor

ich hörte von Bekümmernis
von Wüste und von Dorngesträuch

dann sah ich die Sänger sah ihre
Gesichter schön von Musik wie im

Widerschein eines
fremden Feuers

Vorstadt

am Fenster in der
noch morgenstillen Vorstadt
das Kindergesicht

die Regenfäden
vorbei am bunten Windrad
fallen sie farbig

lebend

bewegungslos ein grauer Stein so
lag er unauffällig am Feldrand

als mein Vater ihn mit dem Schuh anstieß
rollte er zur Seite und war ein Igel

in der Seite sah ich das Loch in dessen Rot
es weiß wimmelte ich verstand das Bild nicht

als mein Vater sagte das seien die Maden
waren wir schon im Gehen und ich sah

dass der Igel uns sah

Besuch bei Hanno

unter der Tür dem
Dominus providebit
zahlt man fünf Euro

Pferdegetrappel
aus den Lautsprechern diskret
wie alles bei uns

im Travewasser
Ich dachte es kommt nichts mehr
schwanken die Speicher

hinter der Türe
im dunklen Winkel war das
nicht Erich Mühsam?

Selbstversuch

als ich geboren war zählte Mutter
alle meine Zehen und Finger durch
dann sank sie beruhigt ins Kissen zurück

als sie es erzählt hatte gestern am
Telefon saß ich einen Moment still
dann zählte ich noch einmal langsam nach und

sank zurück in den Sessel es war tatsächlich
noch immer alles da

Weltkreis

die vor Aufregung heisere Kinderstimme
im Nahverkehrszug von Wetzlar nach Gießen

»Sophie guck mal wie schnell die *Welt* sich dreht«

dann das Lachen des Sitznachbarn
dann Sophies ernster Blick hinaus

Wilfriede Beermann wusste Bescheid

Wilfriede Beermann wusste Bescheid
Kinder kriegt man vom Pipimachen
nur nicht vom eigenen irgendwie

Wilfriedes Vater war Drogist da
kannte man sich mit den Sachen aus
die Tage waren sonnig und still

und soviel war sicher man musste
ja keine Kinder kriegen wenn es
eklig war wenn man lieber spielte

sie spielten den ganzen Tag keine
Schule kein Krieg nur die Patrouillen
jeden Tag machten ihnen noch Angst

ihr eigener Vater war weg seit
fast vier Jahren in Russland hieß es
dann kam die Karte vom Roten Kreuz

und dann er selber ein fremder Mann
war wieder bei seiner Frau lernte
seine Tochter kennen sprach nicht viel

sah die Trümmer sah den Kindern beim
Spielen zu räumte auf machte sich
an die Arbeit (wie damals im Schnee)

das Grab der Schwester war ausgebombt
unten am Fluss kurz vor Kriegsende
im Mai so starb sie zum zweiten Mal

mit Steinen aus den Trümmern spielten
sie Himmel und Hölle den glatten
Scherben der Badezimmerfliesen

die Tage waren sonnig und still
irgendwie war es vorbei als im
Juni achtundvierzig die Währung kam

Nachtbesuch

die Kammer

1

wenn er sprach sprach er immer vom Krieg
immer von den Winterkämpfen am
Kuban-Brückenkopf immer zu mir

und zu meiner Schwester bei jedem
Geburtstags- und Weihnachtsessen wir
mussten ihm zuhören auf der Couch

wie sie auf ausgebrannte Panzer
im Schnee auf die Leichen wie dann die
deutschen Panzer auf den Löchern der

Partisanen rotierten bis

das Auge der Schnee

2

ich kam nackt aus dem Bad ich fror ich
fragte Großmutter nach der Seife
er saß im Sessel schrie es habe

keine Seife gegeben niemand
habe danach gefragt man sei froh
gewesen wenn

doch er liebte uns
er schreie auch im Schlaf hörte ich
dann Großmutter zu Mutter sagen

Jahre später ich kam zurück aus
Czernowitz fiel Mutter ein wie er
ihr seine Photos gezeigt hatte

beim Heimaturlaub all die Juden
die Kaftanjuden in Czernowitz
sie hatte die Photos vergessen

und es gab keine Juden in den
Geschichten von den Winterkämpfen
wenn er sprach sprach er immer vom Krieg

3

sein eines Auge sei beinah blind
fünf Jahre erfolgreich simuliert
also wies man ihm die Kammer an

die dunkle Materialkammer
die er bewachte so nah der Front
vier Wände eine Decke kein Riss

jedesmal wenn der Eiswind den Schnee
wie feines Mehl durch die Straße blies
blieb er im Haus war unansprechbar

zog die Decke um die Schultern schwieg
jeden Winter bis er neunzig war
das Auge die Kammer sich schlossen

vier Wände eine Decke kein Riss
jeden Winter der Eiswind der Schnee
jede Nacht sah er was er nicht sah

kleine Geister

nachts kommen kleine Geister mich besuchen
sie sprechen von Verrat und bösen Dingen
in emsiger Bewegung unaufhörlich
sie nisten sich in Herz und Nieren ein
sie riechen sehr nach Moder und nach Kot

sie nisten sich in Herz und Nieren ein
in emsiger Bewegung unaufhörlich
nachts kommen kleine Geister mich besuchen
sie riechen sehr nach Moder und nach Kot
sie sprechen von Verrat und bösen Dingen

sie sprechen von Verrat und bösen Dingen
sie nisten sich in Herz und Nieren ein
sie riechen sehr nach Moder und nach Kot
in emsiger Bewegung unaufhörlich
nachts kommen kleine Geister mich besuchen

die Toten

die Toten altern schneller als man denkt

die Toten sind die die man bei drei Grad Frost in ein Erdloch legt
die Toten sind die die achtlos im blühenden Löwenzahn liegen
die Toten sind die die einfach liegenbleiben wo sie sind

den Toten ist alles egal
sie haben alle Zeit der Welt
sie haben gar keine Zeit

sie sind ja nicht mal hier

Besuch

in dieser Nacht war es wieder die Tante Martha
sie sah jünger aus als ich sie je gesehn hatte
und wurde zusehends jünger während wir sprachen

wir sprachen noch liebevoll aber anders als früher
ungewohnt neugierig ich bewunderte ihr Haar
weich und glänzender als ich es je gesehn hatte

wie lebhaft sie sprach von ihrer Schwester vom unge-
borenen Kind von den Jahren in denen unsre
Familie zunehmend weniger vorkam Als ich

begriff dass ich sie in ihrem ungelebten Leben
angetroffen hatte ein glückliches Zusammen-
treffen da mischten sich die Stimmen ein Angst und Beruf

und dann verschwand die Tante Martha so sah es aus
während ich an das Leben dachte das ich am Morgen
weiterzuführen hatte weiterführen würde

dass sie noch ein Stück mitgehen würde wusste ich schon
vor dem Aufwachen dass sie mir voraus war ja am
Ende kam sie mir beinah jünger vor als ich selbst

Schneegestöber

in dieser Nacht starben die Toten
ein sonderbarer Anblick aber
wiederkehrend und unabweisbar

sie starben verstand ich ihren Tod
noch einmal verborgen ich sah sie
durchs Zimmer gehen so gut es ging

sah sie ihr Schwanken unterdrücken
die Geschwulste verbergen hinter
Gazetüchern Handbewegungen

die Zahnlücken überspielen und
ihre halbkahlen Köpfe den Schmerz
sah sie lachen wie im Gespräch sie

nahmen mich wahr sie sahen mich an
niemand sprach mit mir doch sie wussten
etwas das ich nicht sehen konnte

sie gingen wie durch Schneegestöber
sie warteten auf den nächsten Tod

Samstagnacht, Angelo's

sie gleitet durch die Luft als sei es Gallert
so wie es diese kleinsten Käfer tun
sie hat sich mit Tequila zugeballert
sie schwebt und segelt über dem Taifun

die Zeit verliert von selber an Bedeutung
der Brechreiz geht wie unbemerkt vorbei
es fühlt sich an als zählte man bis drei
es fühlt sich an wie eine letzte Häutung

sie kann nicht stürzen und sie muss nicht steuern
(sie ist immun so makellos immun)
die Ruhe hüllt sie wie ein Laken ein
sie braucht nur ab und zu noch nachzufeuern

dann lässt sie alles ruhn lässt alles ruhn
lässt endlich alles sein

Manhattan, Sturm

bin kein berühmter Hellseher aber ich
sehe dass diese Perlen einmal seine
Augen waren ja und höre den Shakespe-
herian Rag als Echo überall in

dieser unwirklichen Stadt und ich seh ihn
treiben durch die Häuserschlünde die Adern
der Stadt wie einen ertrunkenen Seemann
dicht über uns hier unten full fathom five

seh die Strömung die ihn immer weiter zieht
rückwärts durch sein Alter die Mannesjahre
seine Jugend und ja seine Augen sind
Perlen und ja er keimt aus und treibt Blüten:

im Netz der Stadt ein blutiges Gerinnsel
der Fischerkönig fern von seiner Insel

Ultimatum

wie Untergangsmythen
wie dunkle Veduten

das lautlose Wüten
der Farbenfluten

die Rosen blühten
die Rosen bluten

Kaunas

für Iona Pӑrvulescu

wir standen am Njemen wir gingen
durch neblige Wiesen auf Schotter
bis Wasser unsere Schuhe füllte

wir sprachen Französisch wir dachten
auf litauisch deutsch oder polnisch
an Zweige die im Wasser trieben

wir gingen am Njemen wir sahen
die toten vergessenen Seelen
bis uns die Augen übergingen

hinter uns Rathaus- und Kirchtürme
im Nebel wie Rauch über der Stadt
und ein toter Papst der segnete

ein menschenleeres Fußballfeld am Strom

Parsifal

1

über der Saale bei Naumburg
im halkyonischen Licht
nebelhaft Klingsors Traumburg
wie das zweite Gesicht

fast schon blind, geblendet
jetzt zwischen drei und halb vier
lauschend den Kopf gewendet
Oheim waz wirret dir?

jenseits des Endes der Pfade
auf denen er sich verstieg
nebelhaft die Scharade
und immerzu Klingsors Musik

2

wohin der Blick vom See fällt
hinauf durch Waldessäume:
ein nächtlich weißes Schneefeld
und Säulen schwarzer Bäume

halb blind zu spähen
durch Gitter des Trugs
zum Ziel der Krähen
und ihres Flugs

hier stirbst du tausend Tode
dort oben lebt der Traum
aus Tempel Schloss Pagode
aus Schnee und Waldessaum

3

Gänseblümchen im
Rauhreif: Sterne die im Eis-
nebel verbleichen

in der Verpuppung
still am seidenen Faden
hängt er liegt im Schlaf

Speicher

nein man hat längere Zeit nichts gehört nicht angerufen
wie es nun mal war zwischen den Mails und Telefonaten
aber sie sind doch unter uns gewesen die ganze Zeit

wie die Geschwister die lang nicht mehr gesehenen Nachbarn
die Reisebekanntschaften seit diesem Treffen in Freiburg
jetzt grade da man sie anruft nach der Handynummer sucht

jetzt sind sie gestorben nicht dass man es nicht gewusst hätte
nur war das in einer anderen Welt es gilt ja nicht hier
in dieser automatischen Ansage der unaufhörlichen Absage

please leave a message sagen sie sie sagen es jetzt zu uns
wir wollen antworten *ich bin es* und dann noch etwas doch
was

Delphi

die alten Steine sprechen nur von sich selbst
ein monotones Murmeln seit langer Zeit
sie sprechen in zerfallenden Verszeilen
    sie sind allein hier

erwähnen noch den Rest den sie bedecken
denn sie sind höflich aus alter Gewohnheit
nennen die Namen derer die sie machten
    ohne Gedanken

verschwunden die Bedeutungen wie das Fleisch
so murmeln jetzt die Steine nur von sich selbst
immer leisere Monologe für den Fall
    dass noch jemand liest

Apokalypse, niederrheinisch

die Wolken wie lodernde Scheiter
bedeckten das Rheinland bei Neuss
die apokalyptischen Reiter
stürmten vom Meer her und weiter

Hieronymus Bosch im Gehäus

der Himmel stand schwarz über Xanten
und Finsternis lag über Neuss
dann als die Wolken verbrannten
fuhr auf das Land der Verbannten

ein Blitzschlag mit Lichtschein auf Beuys

lone soldier

there's a lone soldier
on the cross
Bob Dylan

zu keinem Kalbfell geschworen
nur zum Kalb
die Kämpfe alle verloren
deshalb

trotzdem den Krieg gewonnen
ganz am Ende und
alles noch einmal begonnen
aus demselben Grund

denn einer

nur einer kam hier lebend raus
komm wieder! rufen wir ihm nach
komm wieder zeig uns die Lücke
komm wieder lass uns nachkommen

so stehn wir so sehn wir ihm nach
in eine weiße Nebelwand
bis jemand sagt hier gibt es nichts
zu sehn Leute geht nach Hause

aber wir warten noch immer
denn einer kam hier lebend raus

Blitzlicht

am sechsten August siebzehnhundertdreiundfünfzig
wurde Georg Wilhelm Richmann vom Blitz erschlagen
vor seinem Laboratorium in Petersburg

zweiundvierzig Jahre alt es war der Augenblick
seines Erfolges er hatte den Blitz gefangen
er hatte das Feuer vom Himmel herabgeholt

seit dem Elektrometer hatte er immerzu
an dem Blitzableiter gearbeitet mit dem dann
Benjamin Franklin die große Tour machte und Geld
am sechsten August war Richmanns Arbeit vollendet

alle Welt bestaunte Benjamin Franklin der sah
wie der Blitz an ihm vorüber in die Erde fuhr
alle Welt sprach neuerdings immer von Prometheus

doch Georg Wilhelm Richmann war zum Blitz geworden
erstarrt im blendenden Schein eines Himmelslichtes
am sechsten August siebzehnhundertdreiundfünfzig
tötete Jupiter seinen Liebling persönlich

wir sehen euch im Blitzlicht ihr scheiternden Sieger
wir hören euch nachts wenn der Gewitterregen rauscht

Cyborg in Ruhe

Seeadler, Virumaa

durch dunkles Wasser ging ich bis zum Riff

ging bis zum Anfang wo das Land beginnt
ging durch das Dickicht wo das Land sich hebt
ging bis zum Ende wo kein Land mehr ist

da an der letzten Grenze saß der Adler
ich sah ihn warten sah ihn sich erheben

dann schwebte er im grenzenlosen Grau

Moorochse

wir standen still am See der Boden dröhnte
ich bin es schrie die Stimme stark und dunkel
der Moorochse in unbestimmter Ferne

ich bin es rief dreimal die Einsamkeit

wir sahn ihn nicht im Federkleid aus Schatten
den Hals gereckt den Schnabel himmelwärts
im leichten Wind im Röhricht ein schwankendes Rohr

dann lag auf See und Röhricht wieder Stille
die Lerchen stiegen aus den Feldern auf
du sahst mich an du fragtest was das war

dann die rief die Einsamkeit zum vierten Mal

Nachtigall

das helle fast unhörbare Geräusch
als der kunstreiche Mechanismus zer-
sprang das Räderwerk auf einmal leerlief

der Vogel verstummte Todesstille
eintrat als ein Gesang durchs Fenster kam
den sie beinahe vergessen hatten

als der Tod sich verzog wie ein Nebel
als der Sterbende aufstand sich reckte
als wäre er der Kaiser von China:

dieser winzige Riss war der Anfang

Schwarmgeister

im Funkenflug der Schwarmgeister
das Gellen der Alarmgeister

die Macht der Nacht ist angefacht
erwacht!

das Wort die Welt wird umgekehrt
wird abgesogen aufgezehrt

das Tageslicht war Selbstbetrug
die Wahrheit ist ein Höllenspuk

ein wilder Zug dass Gott erbarm
im Finstern rast der Geisterschwarm

Augustinus liest den Psalter

dies sind die Worte eines Menschen der erregt ist
er ist bedrängt und sehr ratlos
er betet in seinen Leiden
er will befreit werden vom Übel

sehen wir welche Art von Übel ihn bedrängt
stellen wir uns vor wir wären an seinem Ort
mich überwältigt der Kummer sagt er
und ich bin in großer Sorge

welche Art von Not ist es die ihn ratlos macht?
in welcher Hinsicht ist er in Sorge?
von welchem Kummer wird er überwältigt?

ich bin sehr ratlos sagt er

Ereignisse in Pjöngjang

damals wusste ich man könnte die Leute danach
unterscheiden wie sie die Texte lesen wie sie
die Ereignisse in Pjöngjang beurteilen
oder das Wort Gott gebrauchen

heute weiß ich es liegt alles daran wie wir
aus dem Fenster sehen uns vorbeibewegen an
einem Entgegenkommenden wie wir
die Tassen und Messer auf dem Tischtuch anordnen

wie wir die rote Schubkarre ansehen
wie wir uns verabschieden wenn
die Zeit knapp wird wie wir
dasitzen

aber das stimmt auch nicht

im Dreißigjährigen Krieg

es war ein sehr kurzer Moment als Philipp
von Zesen den Einfall hatte zum Moment
ein deutsches Wort zu sagen (denn er hatte

diesen Spleen mit der Eindeutschung des Latein)
draußen ging immer noch der Krieg weiter der
achtundzwanzig Jahre gedauert hatte

ja wirklich es war ein glücklicher Moment
als Zesen zum Augenblick Augenblick sag-
te

Audienz, Petersplatz

er geht wie er spricht zart entschlossen und
vorsichtig trippelnd eine sehr weiße
alte Dame der Menge winkt er mit

einer graziösen Handbewegung die
nicht kokett ist sondern nur scheu die Form
wahren soll an der ihm gelegen ist

über die Schrift gebeugt vergisst er leicht
die Menge und spricht ins Mikrophon halb-
laut und in klaren Sätzen mit dem Herrn

mit sich selbst der Schrift allein er schriebe
lieber als zu sprechen er liebt die Zahl
Pi für ihre Unendlichkeit auch das

Wohltemperierte Klavier vor allem
Mozarts Sonaten weil sie nicht poly-
phon sind (er fürchtet die Polyphonie

weil es jederzeit geschehen könnte
dass die Rechnung nicht mehr aufgeht) wenn er
nicht schlafen kann macht er eine Notiz

um sich in Gedanken zu fassen um
sich zu fassen früh am Abend sitzt er
am liebsten allein in dem halbdunklen

Zimmer zwischen Schriften Klavier Gebet
er geht nicht gern zu Bett wenn er einschläft
geschieht es ohne sein Einverständnis

manchmal will er nach Haus aber das ist
siebzig Jahre her dann applaudiert die
Menge dann geht er so ab wie er sprach

Kritik der Urteilskraft

als Reinhard Brandt von der Erleuchtung
der Moral durch die Erfahrung des Schönen sprach
schaltete ganz hinten an der Tür
Werner Hofmann das Licht aus

es war nur ein Versehen gewesen
alle lachten auch wurde es
gleich wieder hell
nur anders als vorher

Stein des guten Glücks

die steinerne Kugel verwittert
und lässt sich kein Jota drehn
nur wenn die Kamera zittert
glaubst du sie schwanken zu sehn

als wärst du im falschen Bewusstsein
und liefest im Sansara-Rad
du willst nicht mehr aber du musst sein
so folgst du dem widrigen Pfad

im Blick der Webcam bei Google
als wärst du im falschen Film
reglos die steinerne Kugel
am Gartenhaus an der Ilm

Buck

er dreht sich um seine Achse
legt sich hin und rollt sich ein er
mag jetzt meine Geschäftigkeit

etwas in ihm weiß er muss das
Gras ganz niederdrücken dieses
Büffelgras der Steppe die er

mit seinem Rudel durchstreift hat
jedesmal in seiner Drehung
wächst es aus dem Küchenboden

in der vom Eis befreiten Welt
in der ich noch sehr fremd bin und
Hütten baue Feuer mache

für mich und ihn

Küchenfenster

Ist in deinem Gedicht Platz
für einen Mikrowellenherd?
Simon Armitage

aus dem Küchenfenster fällt jetzt mein Blick auf
die zartblauen Blüten im Gras die zwischen
den rosa Blüten des Apfelbaums hervor-

leuchten wie kleine Augen und das Signal-
glöckchen des Mikrowellenherds schlägt jetzt leicht
an wie eine freundliche Synchronstimme

Cyborg in Ruhe

ich habe die Maschine heruntergefahren
ich habe alle Maschinen abgeschaltet
bin früh zu Bett gegangen in meiner Dachkammer
abseits am Rande jetzt bin ich allein

nun kommen wilde Tiere mich besuchen
die grausam wären wie die Amsel wüssten sie was grausam ist
die freundlich sein könnten wüssten sie was freundlich ist
wie dieses rote oder das graue Eichhörnchen

und der fast noch volle Mond sieht nach mir durchs
südliche Fenster ein weiß leuchtender
staubiger Fels zwischen den Zweigen der Buche die beinahe
meine Fenster berühren in dieser restlosen Stille

es ist nicht zu glauben wie kalt diese Nacht ist
wie warm und von Wundern erfüllt

unbeschuht

ohne Schuhe
komm ich nach Haus
dunkle Ruhe
breitet sich aus

fremde Stille
tritt in mich ein
niemandes Wille
ist mehr mein

fortgenommen
Klang und Bild
angekommen
und gestillt

Dornburg

grau auf den Flügeln von Tauben
  erhebt sich allmählich der Morgen

blühend in Windrosen sinkt
  schweigend
    der Abend herab

Wasserzeichen

lass mich nicht vergessen
den stillen Mann der nach dem Regen seinen
Finger in eine Pfütze tauchte und langsam

kalligraphische Zeichen schrieb auf den leeren
Parkplatz vorm Revolutionsmuseum in Wuhan
Zeichen die während er schrieb

in der Sonne verdunsteten
und dass ich umkehren wollte
und nachlesen

Tanzbär bezieht sich auf eines der letzten Kapitel in *Robinson Crusoe*.

Trier, Ostern 1041 bezieht sich auf eine Begebenheit um den Trierer Erzbischof Poppo (1016-1047).

Viscacha heißt eine Chinchilla-Art, die sich als Kaninchen ausgibt.

Golgatha, kleine Vögel zitiert eine Legende im Kindheitsevangelium nach Thomas: Der kleine Jesus formt aus Lehm Sperlinge, die zwitschernd davonfliegen.

wie Ikarus es sah bezieht sich auf W. H. Audens Gedicht *Musée des Beaux Arts*.

Manhattan, Sturm Der »Shakespeherian Rag« ertönt in Eliots *The Waste Land*.

Parsifal »Halkyonisch« ist ein Lieblingswort Nietzsches.

Apokalypse, niederrheinisch Eine der letzten Arbeiten von Joseph Beuys heißt *Blitzschlag mit Lichtschein auf Hirsch*.

lone soldier »Zum Kalbfell schwören« musste redensartlich, wer der Kriegstrommel folgte.

Moorochse Kierkegaard nennt den Gesang der Rohrdommel, auch »Moorochse« genannt, »die Stimme der Einsamkeit«; dreimal und dann noch einmal habe er sie über dem See von Søgard auf Seeland gehört.

Augustinus verfasste den *Traktat über den Psalter*. Das Gedicht zitiert Sätze über den 38. Psalm, die Manuel Cardoso vertont hat.

Audienz, Petersplatz Der Villa Massimo bin ich dankbar für die Gelegenheit, Benedikt XVI. in Audienznähe zu sehen.

Kritik der Urteilskraft Reinhard Brandt (geb. 1937), Philosoph. Werner Hofmann (1928-2013), Kunsthistoriker.

Stein des guten Glücks nannte Goethe eine Skulptur, die er an seinem Gartenhaus aufstellen ließ.

Inhalt

Lamagesang

Nachtbesuch

Cyborg in Ruhe

Bibliografische Information der Deutschen Nationalbibliothek
Die Deutsche Nationalbibliothek verzeichnet diese Publikation in der Deutschen Nationalbibliografie; detaillierte bibliografische Daten sind im Internet über http://dnb.d-nb.de abrufbar.

www.wallstein-verlag.de
Vom Verlag gesetzt aus der Aldus
Umschlaggestaltung: Susanne Gerhards, Düsseldorf, unter Verwendung zweier Song Birds von Mullaniam by Jim & Tori Mullan, USA (www.MullaniumByJimAndTori.com).
Druck: Hubert & Co, Göttingen
ISBN 978-3-8353-1598-3